AF335836

IMPRIMERIE MAULDE ET RENOU
———
MAULDE, DOUMENC & Cie
IMPRIMEURS DE LA COMPAGNIE DES COMMISSAIRES-PRISEURS
Rue de Rivoli, 144. — Paris

Étude de Me GARCET, Notaire à Villeneuve-Saint-Georges.

Vente aux Enchères publiques

PAR SUITE DU DÉCÈS DE MADAME Vve COTTREAU

D'UN

BEAU MOBILIER

Ancien et Moderne

GARNISSANT LE

CHATEAU DE LA CHEVRETTE

A Villeneuve-Saint-Georges

Le Dimanche 9 Juillet 1899

A UNE HEURE ET DEMIE

ET JOURS SUIVANTS

EXPOSITION PUBLIQUE

LE SAMEDI 8 JUILLET 1899

DE UNE HEURE A CINQ HEURES

Par le ministère de Me GARCET, Notaire à Villeneuve-Saint-Georges

Assisté pour les Objets d'art

de **M. B. LASQUIN**, Expert, rue Laffitte, 12, à Paris

CATALOGUE

D'UN

BEAU MOBILIER

Ancien et Moderne

Meubles des XVII⁰ et XVIII⁰ siècles en marqueterie, ornés de bronzes
et en bois sculpté
Beau Bureau à cylindre Louis XV, Commodes, Tables
Consoles, Nombreux Sièges
Glaces et beaux Cadres en bois sculpté et doré, Cartels, Baromètres
Bronzes Louis XV et Louis XVI
Grande Pendule et deux beaux Vases du Premier Empire
Porcelaines, Faïences anciennes, Bijoux, Brillants, Argenterie, Plaqué
Vases de jardin en marbre sculpté

TABLEAUX ANCIENS, GRAVURES

Bibliothèque ancienne, environ 4,000 volumes
Pianos, Billard, Nombreux Meubles courants, Bonne Literie
Linge de maison, Batterie de cuisine
Meubles de jardins, Orangerie, Arbustes et Plantes

DONT LA VENTE AURA LIEU

Par suite du décès de Madame Vᵛᵉ COTTREAU

AU CHATEAU DE LA CHEVRETTE

A Villeneuve-Saint-Georges

Le Dimanche 9 Juillet 1899, à 1 heure 1/2

ET JOURS SUIVANTS

Par le ministère de Mᵉ **GARCET**, Notaire à Villeneuve-Saint-Georges

Assisté pour les Objets d'art

de **M. B. LASQUIN**, Expert, rue Laffitte, 12, à Paris

CHEZ LESQUELS SE TROUVE LE PRÉSENT CATALOGUE

EXPOSITION PUBLIQUE

Le Samedi 8 Juillet 1899, de 1 heure à 5 heures

CONDITIONS DE LA VENTE

Elle sera faite expressément au comptant.

Les Acquéreurs paieront DIX POUR CENT en sus du prix d'adjudication.

L'Exposition mettant le public à même de se rendre compte de l'état et de la nature des objets, il ne sera admis aucune réclamation l'adjudication prononcée.

ORDRE DES VACATIONS

Le Dimanche 9 Juillet, à 1 heure 1/2
PORCELAINES, FAIENCES, BRONZES, MEUBLES ANCIENS
Du n° 1 à 95 du Catalogue

Lundi 10 Juillet, à 1 heure 1/2
LIVRES, PLAQUÉ, ARGENTERIE, BIJOUX, OBJETS DIVERS
N° 96 à 155 du Catalogue

Mardi 11 Juillet, à 1 heure 1/2
BATTERIE DE CUISINE, VAISSELLE, LINGE, MEUBLES COURANTS,
LITERIE

Mercredi 12 Juillet, à 1 heure 1/2
MEUBLES, ORANGERIE, PLANTES, ETC.

MAULDE, DOUMENC et Cie, imprimeurs de la Cie des Commissaires-Priseurs,
rue de Rivoli, 144.   800—82459

DÉSIGNATION

MEUBLES ANCIENS

1 — Beau Bureau à cylindre de la fin de l'époque
Louis XV en bois satiné, marqueté à bandes de
grecques formant encadrements sur la face, le dessus
et les côtés. Il renferme cinq tiroirs et repose sur
quatre pieds cambrés avec sabots griffes de lion en
bronze doré, le cylindre est garni de deux crochets
formés de feuillages. L'intérieur à sept tiroirs et
trois casiers est en bois satiné marqueté à filets. Ce
meuble porte l'estampille de P. DENIZOT, maître
ébéniste.

2 — Commode de la fin de l'époque Louis XV, à trois
rangs de tiroir, le milieu à ressaut, en bois de rose
marqueté à encadrements de filets et de grecques;
elle est ornée de chutes de sabots, d'entrées de serrures et d'un cul-de-lampe en bronze doré. Elle
porte l'estampille de GUIGNARD, maître ébéniste.

3 — Petit Meuble à côtés galbés, montants arrondis et à
quatre pieds cambrés, en bois de rose marqueté à
filets, la face ouvre à un tiroir, un casier à porte à
brisures et un autre au-dessous, à deux petites portes.
Le dessus est entouré de cuivre, les pieds sont gar-

nis de sabots et de petites chutes en bronze doré.
Époque Louis XV.

4 — Petit Bureau de dame de l'époque Louis XV,
ouvrant à abattant et à côtés galbés, en bois de violette et bois de rose, couvert de marqueterie à tiges
de fleurs et offrant sur l'abattant un trophée d'instru-
ments de musique. Il est garni de bronzes rapportés.

5 — Table de toilette Louis XVI, en placage de bois
satiné à un tiroir, dessus de marbre blanc entouré
d'une galerie de cuivre.

6 — Commode de l'époque Louis XV, à trois rangs de
tiroirs, le milieu à ressaut, et à pieds cambrés en
bois satiné, ornée de sabots griffes de lion de chutes
et d'entrées de serrures en bronze doré. Estampille
de Garnier, maître ébéniste, dessus de marbre à
contours.

7 — Secrétaire Louis XVI en bois de placage marqueté
à filets. Dessus de marbre.

8 — Table de nuit Louis XV en bois de placage.

9 — Meuble Louis XIV à deux corps, le haut vitré, en
bois de placage marqueté.

10 — Console de l'époque Louis XVI à côtés concaves,
en bois d'acajou à pieds cannelés, ornée de rangs de
perles, en bronze ; dessus de marbre blanc, entouré
d'une galerie de cuivre.

11 — Petite Console Louis XVI à côtés arrondis, en
acajou, garnie de rangs de perles ; dessus de marbre
blanc et tablette d'entrejambes avec galeries de
cuivre.

12 — Petite Vitrine Lous XV à coins arrondis et ouvrant
à deux portes, en bois de placage.

13 — Petite Pendule Régence en bois sculpté et bois de placage à fines moulures contournées, coquilles, feuillages et petits pieds cambrés, le cadran en bronze doré avec cartouche au nom de *Delourme à Paris*.

14 — Table à jouer de l'époque Louis XVI en bois satiné et bois de rose, le dessus marqueté à réseau de fleurons sur fond d'érable; elle renferme un petit tiroir sur chaque côté.

15 — Deux autres Tables à jour anciennes en acajou.

16 — Armoire à deux portes vitrées Louie XVI à pans coupés en bois de violette marquetée, à filets, dessus de marbre.

17 — Petit Modèle d'armoire ancienne en noyer, à moulures.

18 — Commode et petit Chiffonnier Empire, en acajou.

19 — Deux Bergères Louis XVI.

20 — Petite Commode Louis XVI à deux tiroirs, sur pieds cambrés élevés, en bois de rose, garnie de bronzes. Dessus de marbre.

21 — Glace dans un cadre Louis XVI en bois sculpté et doré, vase et feuillages.

22 — Deux très beaux Cadres de l'époque de la Régence, en bois sculpté et doré (vieille dorure) à coquilles, branches de feuillages, écoinçons et ornements ajourés; ils encadrent deux gravures anglaises en noir.

23 — Deux Consoles Louis XV en bois sculpté et peint en blanc, à deux pieds reliés par un motif à coquille ajourée.

24 — Glace dans un beau cadre de l'époque de la Régence, à contours et ornements rocaille en bois sculpté et doré.

25 — Glace Louis XV avec cadre en bois sculpté et doré à pampres et surmontée d'un vase duquel retombent des guirlandes de lauriers.

26 — Baromètre ovale Louis XVI, en bois doré, à groupe de colombes.

27 — Miroir ovale dans un cadre Louis XVI à fronton en bois doré, attributs des sciences.

28 — Meuble Louis XIII à deux corps et à quatre portes, en bois sculpté, à trois cariatides, panneaux d'ornements entourés de godrons et offrant cinq mascarons en ronde-bosse.

29 — Table styl. Henri II, en noyer sculpté à torsades, avec dessus à rallonges.

30 — Meuble Louis XIII à deux corps, en bois sculpté à palmettes et à colonnettes.

31 — Grand Buffet ancien à deux corps, en noyer à moulures.

32 — Petit Coffret Louis XVI, carré, en bois satiné et marqueterie.

33 — Petit Cabinet en ébène Louis XIII, garni d'ornements argent.

34 — Petit Porte-Cartes Louis XVI à deux portes et ornements en bronze doré.

35 — Boîte à ouvrage en laque.

36 — Cabinet italien en ébène plaqué d'écaille rouge, à moulures guillochées.

37 — Table tricoteuse en acajou à moulures de cuivre.

38 — Étagère ancienne en bois de placage et marqueterie.

39 — Table à ouvrage Empire en acajou, sur pieds contournés reliés par une tablette.

40 — Bergère et deux Fauteuils Louis XVI en bois noir et or, garnis de velours rouge.

41 — Coffre à bois composé de quatre panneaux gothiques.

42 — Grand Fauteuil Louis XVI à oreilles, en bois laqué blanc garni de velours rouge.

43 — Fauteuil Louis XVI en bois doré garni de damas rouge.

44 — Quatre Fauteuils Louis XVI, bois peint en blanc, à dossier ovale et une Bergère à balustres.

45 — Fauteuils Empire en acajou, à dossier découpé à palmettes.

46 — Tabourets X en acajou.

47 — Deux Fauteuils Louis XV, en bois sculpté, garnis de velours et tapisserie moderne.

48 — Petit Canapé Louis XV, en bois peint en blanc, garni de reps.

49 — Commode Louis XIV à trois rangs de tiroirs, poignées en bronze.

50 — Secrétaire Louis XV, le haut à gorge.

51 — Armoire ancienne.

BRONZES D'AMEUBLEMENT

52 — Deux très beaux Vases, forme Médicis, en bronze finement ciselé et doré, de l'époque du premier Empire. Les corps de vases offrent des rondes de nymphes en bas-relief; ils sont ornés de deux anses volutes détachées à hauteur du culot, sur lesquelles deux femmes drapées, debout, supportent le bord de l'orifice. Socles en marbre vert, ornés de couronnes retenues par des rubans.

53 — Grande Pendule de l'époque du premier Empire représentant l'*Amour et Psyché*, en bronze à patine verte : ces deux figures, debout, entourent le cadran contenu dans une borne garnie d'une lyre et d'ornements en bronze doré et reposant sur une base en marbre vert à griffes de lion. Le cadran porte les noms *Ravrio, bronzier à Paris* et *Mesnil, horloger*.

54 — Belle Pendule du temps de Louis XVI, en bronze ciselé et doré. Le mouvement dans un motif à volutes et feuillages, surmonté d'un vase avec guirlandes, est supporté par un lion. Le socle en bois noir orné de branches de chêne et de rosaces, Cadran au nom de *Gille l'aîné, à Paris*.

55 — Belle Pendule Louis XVI, en bronze doré au mat et marbre blanc, représentant *Vénus désarmant l'Amour*. La déesse debout, accoudée sur un fût orné de guirlandes, tient un arc et une flèche, implorée par l'Amour debout sur un nuage. Le socle est orné d'une frise d'enfants se terminant en rinceaux et de deux motifs de palmettes sur les extrémités arrondies. Le cadre au nom de *Sauvageot, à Paris*.

56 — Cartel Louis XVI en bronze doré, modèle à vase, guirlandes de lauriers et mascaron tête de femme.

57 — Deux petits Chenets Louis XVI à galeries et boules en cuivre.

58 — Deux petits Chenets Louis XVI en cuivre doré, à vases ovoïdes sur socles carrés.

59 — Petite Pendule Louis XIV en marqueterie de cuivre et d'écaille ornée de bronzes.

60 — Deux Flambeaux Louis XVI en cuivre argenté à tiges cannelées.

61 — Deux Flambeaux de l'époque Louis XVI, en bronze ciselé et doré, tige cannelée ornée de feuilles d'acanthe, bases à cannelures en spirales à tore de laurier.

62 — Deux Flambeaux Louis XVI, en bronze doré, tige balustre à cannelures et feuillages.

63 — Deux Flambeaux Louis XVI, en bronze doré, tiges cannelées, surmontés de girandoles à deux lumières.

64 — Deux Flambeaux de l'époque Louis XVI, en bronze doré, tiges cannelées.

65 — Deux Flambeaux cassolettes Louis XVI, en bronze ciselé et doré, modèle à vases ovoïdes, à deux anses grecques et ornés de guirlandes de lauriers rattachées à deux mufles de lions.

66 — Deux petits Flambeaux, fûts cannelés Louis XVI, en bronze doré.

67 — Deux Appliques Louis XV, à deux lumières, en bronze.

68 — Petit Lustre garni de cristaux.

69 — Bougeoir Louis XVI, en cuivre.

70 — Pendule à cage en bois de Thuya, avec cadran et moulures en bronze ciselé et doré style Louis XVI.

71 — Deux Bougeoirs genre Louis XIV, en bronze.

VASES DE JARDIN

72 — Deux Vases de jardin style Louis XVI, en marbre blanc sculpté, à culot cannelé; deux anses têtes de boucs reliées par des guirlandes. Le piédouche de l'un d'eux est à tore de feuillages, l'autre est uni.

PORCELAINES ET FAIENCES

73 — Potiche en ancienne porcelaine de Chine, décorée en émaux de couleurs, d'arbustes, de fleurs et d'oiseaux.

74 — Un Vase surbaissé en vieux Japon, décor bleu à ustensiles.

75 — Un Pot ovoïde en vieux Japon, décoré bleu à paysage.

76 — Lot d'Assiettes en vieux Japon, décor bleu.

77 — Six Pots à crème, en ancienne porcelaine tendre de Mennecy, décorés de fleurs.

78 — Sept Tasses et six Soucoupes, en vieux Chine émaillé en rose.

79 — Bol en Chantilly, décor coréen.

80 — Plat, Plateau carré, Sucrier et Pots à crème, en faïence de Strasbourg.

81 — Cruche en grès et Canette en faïence allemande.

82 — Fontaine en ancienne faïence de Delft : Buveur assis sur un tonneau.

83 — Plat en faïence de Rouen, décor bleu à lambrequin.

84 — Petit Plat en vieux Chine, bordure émaillée vert.

85 — Deux petits Lions assis, en vieux Rouen.

86 — Potiche en ancienne faïence de Delft, décor bleu de style chinois.

87 — Vase à fleurs, à deux anses serpents, en faïence de Nevers, décor bleu.

88 — Vase à six pans, en faïence de Delft, décor bleu.

89 — Deux paires de Cachepots en faïence ancienne.

90 — Lanterne, Porte-Huilier, Encrier en faïence ancienne.

91 — Compotiers et petits Plats en faïence de Strasbourg et autres.

92 — Différents Objets d'étagère.

93 — Service à dessert en porcelaine du temps de l'Empire, à décor de fleurs et dorure. Environ trente pièces.

94 — Support-Applique en faïence italienne.

95 — Encrier cœur en faïence genre Rouen.

OBJETS DIVERS

96 — Émail de Limoges (xvie siècle) : Saint Étienne.

97 — Émail de Limoges (xvie siècle) : Saint Jérôme.

98 — Émail de Laudin : La Vierge.

99 — Montre Louis XIV, en cuivre gravé.

100 — Petite Horloge Louis XIII, en cuivre.

101 — Verre Louis XV, émaillé, à figures.

102 — Divers Objets de curiosité.

103 — Miniature ovale : Portrait d'homme. Signée Leroy.

104 — Miniature : Portrait d'enfant.

BIJOUX

105 — Tabatière en or ciselé avec chiffres C. P. émaillé, bordure à rinceaux. Elle fut offerte par Monsieur, frère du roi Louis XVIII, à M. Grandsire, secrétaire général de l'Académie de musique.

106 — Bracelet en or émaillé, orné de trois gros brillants entourés de petits.

107 — Broche en or émaillé bleu.

108 — Bracelet chaînette en or avec miniature portrait d'homme.

ARGENTERIE

109 — Legumier Empire en argent avec double fond.

110 — Poêlon en argent.

111 — Moutardier Louis XVI en argent.

112 — Truelle à poisson et Pelle à glace en argent.

113 — Six grands Couverts de table en argent.

114 — Six Cuillers, six Fourchettes à entremets en argent.

115 — Douze Couverts à entremets en argent (dans un écrin).

116 — Une Louche.

117 — Six Cuillers à café, une Cuiller à sucre.

118 — Boîte de douze Couteaux Empire à manche d'ivoire, lame et garniture d'argent.

119 — Boîte de six Couteaux semblables.

120 — Boîte de six Couteaux semblables à lame d'acier.

121 — Boîte de six Couteaux à manche et lame d'argent.

122 — Deux petits Couteaux Louis XVI, manche noir garniture argent dans un étui en galuchat.

123 — Six Couverts à filets en argent, marqués F. C. (Dans un écrin).

124 — Six autres Couverts en argent, marqués F. C. (Dans un écrin).

125 — Douze Cuillers à café argent dans un écrin (marqué F. C.).

126 — Six autres Couverts en argent.

126 *bis* — Etc.

PLAQUÉ

127 — Un Porte-Huilier Empire.

128 — Un Plat rond, six Dessous de carafes.

129 — Deux Sonnettes, Couvert à salade, etc.

130 — Six Dessous de carafes de Christofle.

131 — Deux Réchauds en plaqué.

132 — Deux Verrières anciennes en cuivre argenté.

TABLEAUX, DESSINS, GRAVURES

133 — **Breughel.** Paysage, bord de forêt, avec deux figures.

134 — **Du Perreux** (1813). Vue du château de Pau, prise du jardin.

135 — **Elzeimer** (Attribué à). Le Calvaire.

136 — **École française.** Vue de Paris, prise d'un quai sur lequel se tient un marché animé de nombreuses figures.

137 — **École française** (XVIIIe siècle). Portrait de Mlle de Charolais, représentée à mi-jambes, en costume de carmélite.

138 — **École française** (XVIIIe siècle). Jeune femme en buste, la poitrine découverte.

139 — **École hollandaise.** Grand paysage boisé avec château sur une hauteur à gauche.

140 — **Guiaud.** Vue d'Italie.

141 — **Kuwasseg** (C.). Ancienne vue de Villeneuve-Saint-Georges prise de la Seine.

142 — **Kuwasseg** (C.). (1846). Intérieur de village.

143 — **Kuwasseg** (C.). Paysages des bords de la Seine. Deux pendants.

144 — **Latour** (Attribué à). Portrait en buste de M. Bertinazi, dit Carlin (Pastel).

145 — **Neff** (Peter). Intérieur de temple, avec figures.

146 — **Nicolle.** Quatre vues de Rome. Aquarelles.

147 — **Philippoteaux** (F.) Episode des guerres d'Afrique. Arabes poursuivis par des chasseurs d'Afrique au passage d'un cours d'eau.

148 — **Tableaux divers.** Paysage encadré. Intérieur villageois. Dessins, Pastels et Aquarelles, etc.

149 — **X...** Le Moulin de Charenton.

150 — **X...** Aquarelle. Deux Enfants dans un jardin.

151 — **X...** Médaillon en cire. Portrait de Dame.

152 — **X...** Aquarelle. Portrait de Dame à mi-jambes.

153 — **X...** Vue du château de Pau. Peinture.

154 — Deux Gravures par Beauvarlet, d'après C. Van Loo : La Conversation et la Lecture espagnole.

LIVRES

155 — Environ 1000 volumes reliés :

Les Fables de La Fontaine, 4 vol. in-fol. avec figures d'Oudry, 1755, reliure en maroquin plein doré aux fers.

Tableau de Paris, 3 vol. in-4.

Histoire des Juifs, par Joseph, 2 vol. in-fol., maroquin plein.

La Sainte Bible, 3 vol. in-4.

Walter Scott, Repertoire du Théâtre-Français, Français, Histoire de France, J.-J. Rousseau, Marmontel, Boileau, Buffon, Plutarque, Montesquieu.

Mémoires de Saint-Simon, Florian, Œuvres de Verlot, Anquetil, Voyage d'Anacharsis, Œuvres de Bitaubé, Cours de littérature de La Harpe, Le Tour du Monde, Guilbert, Histoire des villes de France, Corneille, Montaigne, Scarron, 5 vol., Amsterdam, 1712, Mme de Sévigné, Lacretelle, Delille. Ouvrages anciens et modernes.

MEUBLES DIVERS

Billard Empire en acajou et érable, garni de bronzes.

Piano plat à pieds X en acajou.

Piano droit en palissandre, de BLANCHET fils.

Ameublements de chambres à coucher. Meuble de salon en acajou et moquette, nombreux Sièges de fantaisie. Salle à manger en chêne et Meubles courants.

Trois Buffets de cuisine anciens à dessus de marbre.

Batterie de cuisine en cuivre.

Linge de maison.

Nombreuse et bonne Literie.

Meubles et Vases de jardin.

RED. :

20

0 1 2 3 4 5 6 7 8 9 10

BIBLIOTHEQUE NATIONALE DE FRANCE

****

CHATEAU DE SABLE

1996